奶ㄋㄞˇ油ㄧㄡˊ瓜ㄍㄨㄚ

大ㄉㄚˋ頭ㄊㄡˊ菜ㄘㄞˋ

綠ㄌㄩˋ花ㄏㄨㄚ椰ㄧㄝ

玉ㄩˋ米ㄇㄧˇ

馬ㄇㄚˇ鈴ㄌㄧㄥˊ薯ㄕㄨˊ

豌ㄨㄢ豆ㄉㄡˋ

蔬菜穿內褲

文／圖　賈瑞德·查普曼

文、圖｜賈瑞德‧查普曼　譯者｜葛容均　主編｜胡琇雅　美術編輯｜wind　董事長｜趙政岷　出版者、製造商｜時報文化出版企業股份有限公司、108019台北市和平西路三段240號七樓　發行專線｜（02）2306-6842　讀者服務專線｜0800-231-705、（02）2304-7103　讀者服務傳真｜（02）2304-6858　郵撥｜1934-4724時報文化出版公司　信箱｜10899臺北華江橋郵局第99信箱　統一編號｜01405937　copyright ⓒ2016 by China Times Publishing Company　時報悅讀網｜www.readingtimes.com.tw　電子郵件信箱｜ctliving@readingtimes.com.tw　法律顧問｜理律法律事務所　陳長文律師、李念祖律師　Printed in Taiwan　初版一刷｜2016年7月1日　初版三刷｜2024年9月18日

Text and Illustration Copyright ⓒ2015 Jared Chapman , First published in English language in 2015 By Harry N. Abrams, Incorporated, New York / ORIGINAL ENGLISH TITLE: VEGETABLES IN UNDERWEAR（All rights reserved in all countries by Harry N. Abrams, Inc.）
This edition arranged with Harry N. Abrams, Inc. through Big Apple Agency, Inc., Labuan, Malaysia.
Complex Chinese edition copyright ⓒ2016 by China Times Publishing Company

獻_{ㄒㄧㄢˋ}給_{ㄍㄟˇ}
傑_{ㄐㄧㄝˊ}克_{ㄎㄜˋ}森_{ㄙㄣ}，
赫_{ㄏㄜˋ}尸_{ㄐㄩ}
&坎_{ㄎㄢˇ}普_{ㄆㄨˇ}

內褲讚啦！

我_{ㄨㄛ}穿_{ㄔㄨㄢ} 內_{ㄋㄟ}褲_{ㄎㄨ}囉_{ㄌㄛ}！

你ㄋㄧˇ也ㄧㄝˇ穿ㄔㄨㄢ 內ㄋㄟˋ褲ㄎㄨˋ！

我ㄨㄛˇ們ㄇㄣ 全ㄑㄩㄢˊ都ㄉㄡ
穿ㄔㄨㄢ 內ㄋㄟˋ褲ㄎㄨˋ！

平ㄆㄥˊ角ㄐㄧㄠˇ褲ㄎㄨˋ！

襯ㄔㄣˋ褲ㄎㄨˋ！

三ㄙㄢ角ㄐㄧㄠˇ褲ㄎㄨˋ！

都ㄉㄡ是ㄕ內ㄋㄟ褲ㄎㄨ！

大 ㄅㄚ 內 ㄋㄟ 褲 ㄎㄨ

小（ㄒㄧㄠˇ）內（ㄋㄟˋ）褲（ㄎㄨˋ），

髒髒的內褲

和ㄏㄢ乾ㄍㄢ淨ㄐㄧㄥ的ㄉㄜ內ㄋㄟ褲ㄎㄨ，

舊ㄐㄧㄡˋ 內ㄋㄟˋ 褲ㄎㄨˋ

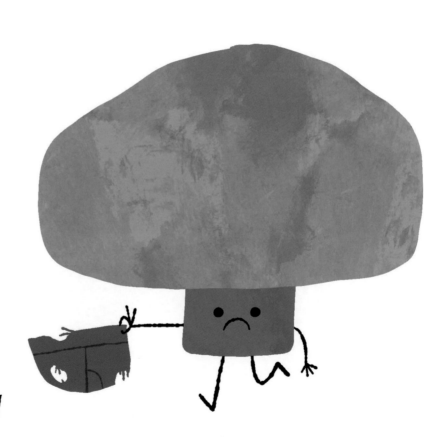

和ㄏㄜˊ 新ㄒㄧㄣ 內ㄋㄟˋ 褲ㄎㄨˋ，

保守的內褲

及ㄐㄧ好ㄏㄠ玩ㄨㄢ的ㄉㄜ內ㄋㄟ褲ㄎㄨ！

從ㄘㄨㄥˊ 星ㄒㄧㄥ 期ㄑㄧˊ 一 到ㄉㄠˋ 星ㄒㄧㄥ 期ㄑㄧˊ 天ㄊㄧㄢ……

星ㄒㄧㄥ 期ㄑㄧˊ 一

星ㄒㄧㄥ 期ㄑㄧˊ 二ㄦˋ

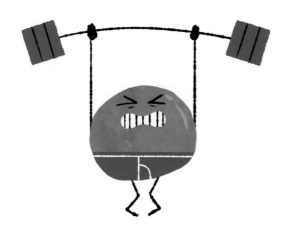

星ㄒㄧㄥ 期ㄑㄧˊ 三ㄙㄢ

星ㄒㄧㄥ 期ㄑㄧˊ 四ㄙˋ

星期五

星期六

星期天

…… 天 天 有 內褲！

有_{ㄧㄡˇ}男_{ㄋㄢˊ}生_{ㄕㄥ}的_{ㄉㄜ}內_{ㄋㄟˋ}褲_{ㄎㄨˋ}

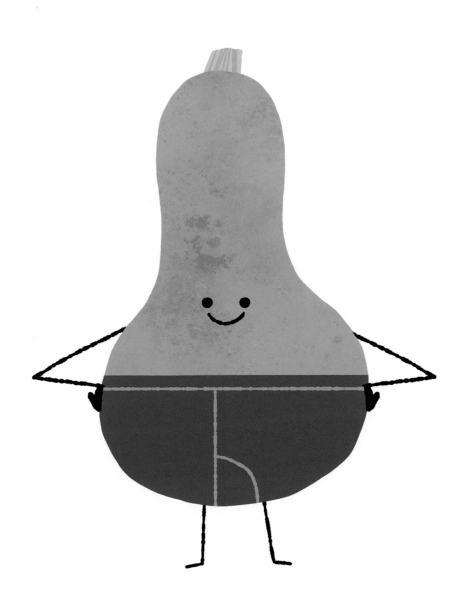

也ㄧㄝˇ有ㄧㄡˇ女ㄋㄩˇ生ㄕㄥ的ㄉㄜ內ㄋㄟˋ褲ㄎㄨˋ。

有ㄧㄡˇ大ㄉㄚˋ孩ㄏㄞˊ子ㄗ˙的ㄉㄜ˙內ㄋㄟˋ褲ㄎㄨˋ
與ㄩˇ小ㄒㄧㄠˇ寶ㄅㄠˇ寶ㄅㄠˇ的ㄉㄜ˙內ㄋㄟˋ褲ㄎㄨˋ。

等_{ㄉㄥˇ}一_ˊ下_{ㄒㄧㄚˋ}……

寶寶不穿內褲
寶寶穿尿布！

抱歉咯，寶寶們。

而ㄦˊ內ㄋㄟˋ褲ㄎㄨˋ最ㄗㄨㄟˋ棒ㄅㄤˋ的ㄉㄜ是ㄕˋ……

‥‥你ㄋㄧˇ可ㄎㄜˇ以ㄧˇ穿ㄔㄨㄢ著ㄓㄜ它ㄊㄚ到ㄉㄠˋ處ㄔㄨˋ跑ㄆㄠˇ!

只￼是￼，要￼記￼得￼，把￼你￼的￼
上￼衣￼和￼外￼褲￼也￼穿￼上￼。

紅ㄏㄨㄥˊ蘿ㄌㄨㄛˊ蔔ㄅㄛˊ

白ㄅㄞˊ蘿ㄌㄨㄛˊ蔔ㄅㄛˊ

香ㄒㄧㄤ菇ㄍㄨ

西ㄒㄧ洋ㄧㄤˊ芹ㄑㄧㄣˊ

洋ㄧㄤˊ蔥ㄘㄨㄥ

茄ㄑㄧㄝˊ子ㄗ˙

甜ㄊㄧㄢˊ菜ㄘㄞˋ寶ㄅㄠˇ寶ㄅㄠˇ

玉ㄩˋ米ㄇㄧˇ寶ㄅㄠˇ寶ㄅㄠˇ

紅ㄏㄨㄥˊ蘿ㄌㄨㄛˊ蔔ㄅㄛˊ寶ㄅㄠˇ寶ㄅㄠˇ